KB104443

항상 당신이 행복하기를 바라며

_____에게 이 책을 드립니다.

그래서 오늘,
마카롱을 먹기로 했다

#88LOVELIFE 1

그래서 오늘,
마카롱을 먹기로 했다

LOVE
IS
LIFE

FIKA

내 인생의 물음표와 마침표 찾기

누구나 더 나은 삶을 살기를 바랍니다.
더 큰 기쁨과 희망의 시간을 기다리고도 있습니다.

삶을 긍정의 시선으로 바라보는 것은
삶에 변화와 생명력을 불어넣는
잠자는, 혹은 잊혀진 '나'의 모습을 찾아가는
보물 지도가 아닐까 생각됩니다.

나는 잘 살고 있을까?
나는 행복한가?
내 삶에 만족은 하는가?

오늘의 나는 어제의 나와 다르듯
정답은 없지만,

내 삶의 물음표에 마침표를 찍어보려고
나의 시선으로
나의 의지대로
나만의 인생을 살아가고 있습니다.
우리 모두
각자 나름의 방식으로 성숙되어지기를 바랍니다.

지친 나를 위한 달콤한 소·확·행
마음이 울적할 때, 자기 자신에게 쫀득하고 달콤한
마카롱을 선물해 주세요.
마카롱은 그냥 봐도 색감에 반하지만,
한 입 베어 물었을 때 에너지가 충전되는 느낌…
오늘부터 마카롱 테라피를 시작하시기 바랍니다.

CONTENTS

시간을
되돌릴 수 있다면

- will
- honesty
- destiny
- possible
- twilight
- ideal
- myself
- peaceful
- faith
- beautiful
- family
- peaceful
- present
- courteous
- positive
- public
- blossom
- innovation
- infinity
- timing
- milky way
- careful
- illusion
- moment

꿈을 이루려면

- aheadway
- Miracle
- sunrise
- eunoia
- forgive
- growth
- twinkle
- acting
- galaxy
- together
- stroll
- confidence
- words
- believe
- rainbow
- principle
- passion
- relaxedly
- effort
- smile
- flutter
- serendipity
- thankful
- why not
- prepare
- ready
- choice
- spell
- learn

행복해지려면

손바닥의 앞과 뒤는 한 몸이요,
가장 가까운 사이지만,
뒤집지 않고는 볼 수 없는
가장 먼 사이이기도 하다.
사고의 전환도 그와 같다.
뒤집어 보면 이렇게 쉬운 걸
뒤집기 전에는 구하는 게 멀기만 하다.

－「어른 노릇, 사람 노릇」중에서

'행복해지는 것'은 목표가 아니에요.
매일의 삶 속에서 내가 성장하는 것이
행복해지는 첫걸음일 뿐.

"TO BE HAPPY"
is not the goal.

your growth   and the everyday

progress   you make

in life is   the seed of

happiness   itself.

상대가 어떤 사람이든 상관없이

그가 가진 게 무엇이든, 혹은 무엇을 해낼 수 없어도,

나에게 미치는 부정적인 영향을 거부할 수 있도록

매 순간 긍정적이고 겸손함을 가질 수 있게,

열등감을 느끼거나, 교만해지지 않게

만족하며 베풀 줄 알고 감사할 수 있도록

늘 진실하게 살기를 원합니다.

Learn to compliment others when deserved.
Not only does it make other people happy, it shows
that we are happy for other people's happiness.

"축하해."
'칭찬하는 방법'을 배워요.
칭찬은 다른 사람을 행복하게 할 뿐만 아니라,
다른 사람의 행복을 통해 우리가 행복해지는 방법이기
때문이에요.

살다 보면 울게 되는 일이나 사람이 꼭 있어요.
누군가 우리를 실망하게 하거나,
무언가를 빼앗아 가거나,
어느 순간 우리 자신을 죽고 싶게 하기도 해요.

그냥 흘려보내세요.
분노와 원망의 시간을 모두 흘려보내고,
더 큰 그림을 볼 수 있도록 해봐요.

행복하지 않은 순간은 많은 시간 중 하나일 뿐이니,
다가오는 다음 순간을 준비해 봐요.
내 삶의 주인은 바로 나인 것을
포기하지 말아요.

You can cry and get upset. You can think the world is over and there's no hope. But end the feelings that very night and start fresh the next day. Life's short!

화가 날 수도, 울 수도 있어요.
세상이 끝났다고 생각할 수도 있고
더 이상 희망은 없다고 생각할 수도 있어요.
하지만 그런 기분은 오늘 밤에 끝내도록 해요.
내일은 새로운 기분으로 시작해요.

우리의 인생은 짧으니까요!

"남의 떡이 더 커 보인다."
이런 생각으로 인생의 기쁨을 망가뜨리곤 해요.
하지만 각자의 취향이 모두 다르다는 점을 고려하면
'남의 떡'도 나에겐 만족스럽지 않을 수 있어요.
그러니 내가 선택한 결과물에 만족해 봐요.
남의 것이 항상 내 것보다 좋은 것은 아니니까요.

The decision to

be happy

is not made for you.

It is a decision you make for yourself.

행복해지기로 결정하는 것은
당신을 위해 누군가가 내려준 결정이 아니에요.
자기 자신을 위해 내리는 판단이에요.
진정한 행복은 모든 시간이 행복하지 않음에도 불구하고
여전히 웃으며 다음을 향해 나아갈 수 있을 때
이루어지는 거예요.

The key is to let go, of the things

that are holding you back.

Let go of your bitter memories,

of your anger, of people that tend
to belittle you.

Move along lightly and happily,
with only good memories and
good people that make you strive
to become even better.

자신이 끌어안고 있는 고민을 내려놓는 방법은
나를 하찮게 여기는 사람들에 대한 괴로운 기억을
날려버리는 거예요.
그들에게 계속 실망하게 되어도,
나를 발전하게 해주는 좋은 사람들과 좋은 기억들과 함께
행복하게 앞으로 나아가세요.

Coming home to a nicely made bed gives you the feeling that you can put any sadness to sleep and wake up to a better tomoRRow

eunoia

집에 돌아와 편안히 잠자리에 드는 시간은
당신이 가진 어떤 슬픔도 이겨낼 수 있게 해요.
그리고 내일은 더 좋은 날이 될 거예요.
당신이 행복하다고 말하면 진짜로 행복해져요.

우리는 늘 문제를 안고 살아가요.
살다 보면 죽을 것 같다고 느끼는 순간이 한 번쯤 있어요.
항상 좋은 날만 있을 수는 없듯이
그냥 좀 나쁜 날도 있는 거예요.
그 두 가지 상반된 날들이 한 사람을 만들어 가는 거예요.
겁먹지 말고 인생을 즐겨 봐요.

IN HAPPINESS THERE'S SADNESS.

IN SADNESS THERE'S HAPPINESS.

LIFE'S BALANCED THAT WAY.

모든 것을 알 필요는 없어요.
모든 것이 될 필요도 없죠.
행복 속에 슬픔, 슬픔 속에 행복,
이렇게 우리 인생은 균형을 이루고 있어요.
최선을 다해 살아요.
타인을 위해서 그리고 나 자신을 위해서.

IN LIFE, YOU CAN'T EXPECT EVERYONE TO BE NICE TO YOU, BECAUSE MAYBE, YOU HAVEN'T BEEN THAT NICE TO EVERYONE ANYWAY. SO RATHER THAN HAVING BAD ASSUMPTIONS ABOUT PEOPLE AND QUESTION WHY THEY TREAT YOU UNPLEASANTLY, QUESTION YOURSELF FIRST.

사람들이 모두 나에게 친절하기를 기대할 수 없어요.

나 또한 모두에게 친절하지 않기 때문이죠.

그러니 다른 사람들에게 어설픈 기대와

왜 나를 기분 나쁘게 대하는지 의문을 품기보다는

나 자신에게 먼저 물어보세요.

나는 타인에게 친절했는지.

아이스크림과 함께할 뜨거운 여름을 축하해요.
귀여운 우산과 함께할 비 오는 날씨를 축하해요.
인생은 매일매일 축하할 가치가 있어요.

Celebrate
a hot sunny day
with ice cream.

Celebrate
the rain with
a cute umbrella.

Life's worth
a daily celebration.

사람들이 당신에게 거짓말하고, 상처 주고,
조롱하고, 의심하고, 무시하고, 괴롭혀도 그들에게 친절하세요.
친절은 마술 같아요.

친절은 어두운 밤을 가장 밝은 낮으로 바꾸는 힘이 있어요.
친절을 믿으세요.
그들이 당신을 미워할 때도 당신은 그들에게 친절을 베푸는 거예요.
당신 주변의 사람들을 사랑하세요.

하지만 가장 중요한 건 당신 자신부터 사랑하는 것이에요.

삶은 조화예요.
모든 일의 중심에 당신이 서 있어요.
하지만 당신의 눈높이로 주변을 바라볼지,
좀 더 품위 있게 주변을 바라볼지는 당신의 선택이죠.

난 행복한 게 좋아요,

언제까지나 행복하고 싶고,

항상 행복한 꿈을 꾸어요.

인생이 때로는 슬프다는 사실을 거부하지 않고

지금처럼 살아간다면

사는 게 더 쉬워질 거예요.

I like being
HAPPY,
staying
HAPPY,
and dreaming to be
HAPPY
all the time.

Not that I Reject Reality that life
can be sad too, but life becomes
simpler if I just keep it that way.

I want everyday to feel like

Saturday

So my tomorrows are always

Sunday

And honestly, I always do feel that everyday is Saturday,
because on Saturdays, I get to do what I love to do.
And that's how I feel everyday.

하루하루가 금요일 같았으면 좋겠어요.
그렇다면 내일은 언제나 토요일일 테니까요.
솔직히, 난 언제나 날마다 금요일로 느끼고 있어요.
왜냐하면 토요일에는 내가 사랑하는 일을 하기 때문이에요.
그것이 내가 날마다 느끼는 방법이에요.

매일매일을 금요일처럼 생각했으면 좋겠어요.

자유롭게 느끼는 법을 배우고,
소리 내서 웃고, 느긋하게 쉬고,
가끔은 침대에서 뒹굴뒹굴하며
아무것도 하지 말고 시간을 보내 보세요.

하루쯤 씻지 않으면 어때요?

기분 좋을 땐 뛰기도 하고,
그리고 크게 웃어 봐요.
우리 인생은 한 번뿐이잖아요.

Learn to feel free.

Laugh out loud.

Relax.

Cross your legs like a man sometimes.

Lick your finger if the food is that good.

Jump when you're feeling joyful.

And smile.

life only comes once

most of the times,
things are solvable.
Calm down, breathe
and deal with things
wisely.

cherish

살기 위해 느끼고
배우기 위해 살고
이해하기 위해 배우고
만족하기 위해 이해하고

인생이 언제나 흥미진진할 거라는 기대는 하지 마세요.
흥미진진하게 스스로 만들어 가는 겁니다.

It's amazing to see yourself in
someone else, only this time,
you don't wanna compete.

Age happily.

—— Because ——

Happy girls

are the prettiest.

Lovable

친구들이
더 예뻐 보여서,
더 비싼 옷을 입고 있거나,
더 높은 힐을 신고 있거나,
혹은 다른 사람들이 당신을 평가한다고 해서,
나쁜 소문을 퍼뜨린다고 해서,
이유 없이 당신을 깎아내린다고 해서,
그렇다고 인생이 슬픈 건 아니에요.
인생은 스스로 만들어가는 정말 아름답고
한 번뿐인 것입니다.

그러니 내 것으로 만들어 보세요.
용서할 수 있는 마음으로.
그리고 행복해지는 겁니다.

행복한 사람이 가장 아름다운 법이니까요.

우리가 매일 행복하거나 슬프다고 느끼는 것들은

보이지 않을 만큼 아주 작은 일들이죠.

그 작은 행복과 슬픔이란 것은

그 정도와 관계없이 항상 동시에 오곤 하지요.

그런데 행복은 항상 슬픔보다 작게 느껴지는 것 같아요.

그리고 곧 깨닫게 됩니다.

인생에서 영원한 것은 없다는 것을….

영원한 슬픔이란 없습니다.

Don't sweat the small things.

But hey, some small things actually count.

 When you're really craving for a delicious cupcake however found the cupcake you bought was totally tasteless, you can either:

Get mad and throw the cupcake away.

Bring back the cupcake to the store and ask for refund.

Visit back the store and complain to the store manager.

Blab about it on social media.

Cry non-stop because I juuussttt waannteed a cuupcaakkee why is life sooo unfaiiirrr.

Eat the cupcake because you've bought it anyway.

Eat the icing because at least that part is still yummy.

Give the cupcake to someone else, he/she might appreciate it better.

Take pictures of the cupcake because regardless the taste, the cupcake looks cute!

다른 사람들을 바꾸려고 노력하느라 힘들다면,
그냥 거기서 멈추세요.
그리고 당신 스스로 먼저 변해 보세요.
아마도 그 모습에 영향을 받아 그들도 바뀔 거예요.

다른 사람과 생각이 달라도 돼요.
그렇다고 싫어하지는 마세요.
싫어하는 마음은 오직 사람들의 나쁜 점만을
바라보게 할 뿐입니다.

살면서 어떤 존재가 되고 싶어 하는가를
알아가는 과정은 아주 힘들어요.
그러니 포기하지 마세요.
궁극적으로 그 문제의 답은 나 자신에게 있거든요.
문제가 해결되면 꼭 잡으세요.
후회하지 말고, 믿음을 가지고,
소울메이트처럼.

The journey to understand what we want to be in life
can be very tough and full of challenges,
but never give up because eventually
it will all just come to you—like a soulmate.
And when it does, go for it.
Have no regrets. And have faith.

행복은 여러 가지 모습으로 다가옵니다..
우리는 그 행복을 알아보는 방법을 배워야 해요.

Happiness comes in many forms.
We just need to learn how to see it.

영원한 사랑을
하고 싶다면

"'길들인다'는 게 뭐지?"
"그건 '관계를 맺는다'는 뜻이야."
"네가 나를 길들인다면
우리는 서로를 필요로 하게 되는 거야.
너는 내게 이 세상에서
하나밖에 없는 존재가 되는 거야.
나도 네게 하나밖에 없는 존재가 될 거고…"

- 「어린 왕자」 중에서

당신의 밝고 예쁜 미소가
오늘 저의 하루를 행복하게 해주네요.

사랑은 빵을 굽는 것과 같아요.

정확히 계량한 재료를 넣어야 맛있는 빵이 나오는

공식 같은 거예요.

하지만 인생은, 인생은 요리하는 것과 같아요.

당신만의 직감으로 시험적인 요리도 만들 수 있어요.

때로는 실험적인 시도가 더 좋은 맛을 만들기도 하거든요.

Love is like baking.

You need the right amount of ingredients to make it work.

But life, life is like cooking.

You can keep experimenting and just follow your instinct because sometimes, it ends up tasting better.

ONE CAN NEVER ACHIEVE EVERYTHING AND ONE DOESN'T NEED TO.

완벽한 사람도 사랑하는 법을 배워야 해요.
그래야 나 자신을 더 사랑할 수 있어요.
완벽하다는 것은 존경과 우러러보는 마음을 이끌어내지만,
그 이상은 아무것도 아니거든요.

Love liberates

It sets you free into being your true and better self.

Love extends

It opens your heart into learning
to love other people in the equation.

Love fulfills

It makes you complete and content.

Love understands

It never forces, but compromises.

Love is
_____

사랑은… 자유롭게 합니다.

사랑은 자신을 더 나은 사람이 되도록 자유롭게 해줍니다.

사랑은… 베풉니다.

사랑은 타인도 사랑하는 법을 배울 수 있도록 마음을 열어줍니다.

사랑은… 이룹니다.

사랑은 당신을 완성하고 만족하게 합니다.

사랑은… 이해합니다.

사랑은 절대 강요하지 않고, 양보하게 합니다.

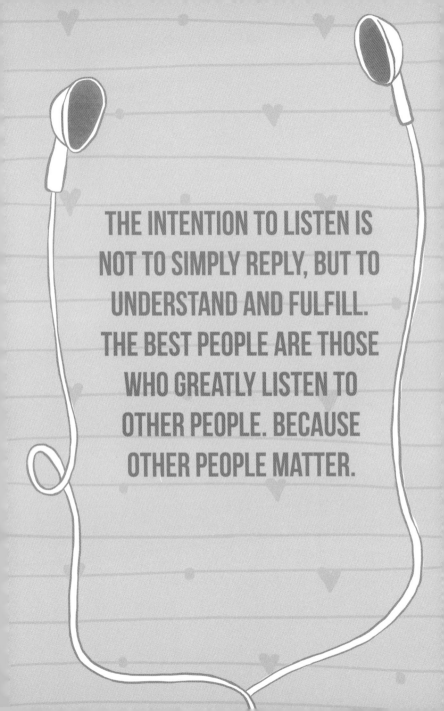

THE INTENTION TO LISTEN IS
NOT TO SIMPLY REPLY, BUT TO
UNDERSTAND AND FULFILL.
THE BEST PEOPLE ARE THOSE
WHO GREATLY LISTEN TO
OTHER PEOPLE. BECAUSE
OTHER PEOPLE MATTER.

듣는다는 것은 단순히 귀로 듣는 것만을 말하는 것이 아니에요.
가슴으로 마음으로도 들을 수 있거든요.
듣는다는 것의 의미는 소리의 울림만을 말하는 것이 아니고
이해하고, 충분하다고 생각하는 것을 포함하니까요.

정말 좋은 친구는 상대의 말에 귀 기울여주는 친구예요.
내 문제가 아닌 친구의 문제를 먼저 듣고 있으니까요.

Solitude gives you time to think. To rejuvenate your mind. To heal your soul. To understand why life is what it is. To accept the changes that we did not expect, nor the fall we did not anticipate.

고독은 생각할 시간을 줍니다.
마음을 재생할 시간,
영혼을 치유할 시간,
인생의 의미를 되새길 시간,
그리고 예상하지 못했던 변화를 받아들일 시간.

시간을 가져보세요.
자신만을 위한 시간.

아주 대단한 휴가를 갈 필요는 없어요.
어디 멀리 도망갈 필요도 없어요.
그냥 늘 있던 자리에 있어도 돼요.
지나간 시간을 되돌아보며 편안하게 시간을 주세요.
내가 어떤 사람인지를 받아들이고
자신을 사랑하는 법을 배워요.
과거는 삶 속에 하나의 이야기로 남을 거예요.
하지만 앞으로 경험하게 될 그 모든 시간도
전부 그 안에 있답니다.

LOVE

IS ABOUT ACCEPTING DIFFERENCES
AND GIVING ROOM FOR
DISAGREEMENTS.

사랑은

다른 점을 받아들이는 거예요.

그리고 서로의 차이를 위해서 내 마음 한편에

빈자리를 마련해야 해요.

Say *Nos*
when we simply don't want to.

Stand up when we don't agree.

Facilitate discussions,
not kill ideas instantly.

Work on something
we're *passionate* about.

Wear something
we genuinely *like*.

Be pRoud
of our physical appearance.

say No!
_____

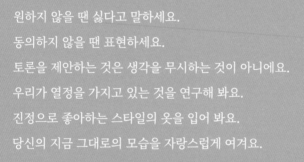

원하지 않을 땐 싫다고 말하세요.

동의하지 않을 땐 표현하세요.

토론을 제안하는 것은 생각을 무시하는 것이 아니에요.

우리가 열정을 가지고 있는 것을 연구해 봐요.

진정으로 좋아하는 스타일의 옷을 입어 봐요.

당신의 지금 그대로의 모습을 자랑스럽게 여겨요.

상대를 평가하기 전에,
누군가가 나를 평가할 수도 있다고 생각해보세요.

세상이 당신 중심으로만 돌아간다고 생각하지 말아요.

Before you criticize someone, accept that someone might respond or criticize back. Criticism works both ways. Don't think that this world is only yours to say.

I believe that love should free you.

사랑은 우리를 자유롭게 합니다.

사랑은 굴레에서 벗어나 해방감을 주고 편안함도 줍니다.

사랑에 실패했다고
인생이 끝난 것처럼 주저앉지는 마세요.

우리 인생에서
친구도, 가족도, 일도
그리고 나 자신도 필요해요.
사랑했던 사람도 그만큼의 존재였다는 것을 기억하세요.
내 인생의 전부는 아니에요.
인생은 밸런스거든요.
러브.라이프.밸런스

IF YOU CONTINUOUSLY
TRY TO SEEK PUBLIC
APPROVAL OF ALL
THE THINGS YOU DO IN LIFE,
YOU WILL END UP
LOST AND EXHAUSTED.

Be true
to yourself.

당신이 하는 모든 일마다 사람들의 지지를 얻으려고 한다면,
당신은 지치고 힘들어서 끝내는 포기하고 말 거예요.
그냥 당신 자신에게 집중해 보세요.
'더 이상 나는 그런 사람이 아니야.'라고 느낀다면
그리고 필요하다면 변화하세요.

lovely

당신은 완벽하지 않아도 돼요.

your heart
always knows
the truth.
It's the mind
that likes to
play tricks
on you.

내가 말한 것과 내가 약속한 것이 무엇인지 알고
내가 말하고 약속한 것을 지키는 것들이
내가 진정 어떤 사람인지를 말해주는 거예요.

꿈을 쫓아 보세요.
나의 열정이 어디를 향하는지 알아보세요.
가장 중요한 건 그 우선순위를 정하는 거예요.
당신이 사랑하는 사람들에게
무엇이 가장 중요한지를 깨닫는 것이
행복하고 후회 없는 인생을 살게 해 줄 거예요.

IF I REFUSE TO LIVE HAPPY TODAY, I MIGHT JUST DIE IN SADNESS.

진정으로 행복한 것을 왜 두려워하나요?
혹시 행복은 늘 슬픔과 함께 온다는 것을 알고,
그 슬픔이 올까 두려워서인가요?
슬픔도 인생의 일부예요.
그러니 그것 또한 행복이죠.

당신이 힘든 시기를 겪고 있음에도
여전히 웃을 수 있다는 것은,
당신은 정말 멋진 사람이라는 뜻이에요.

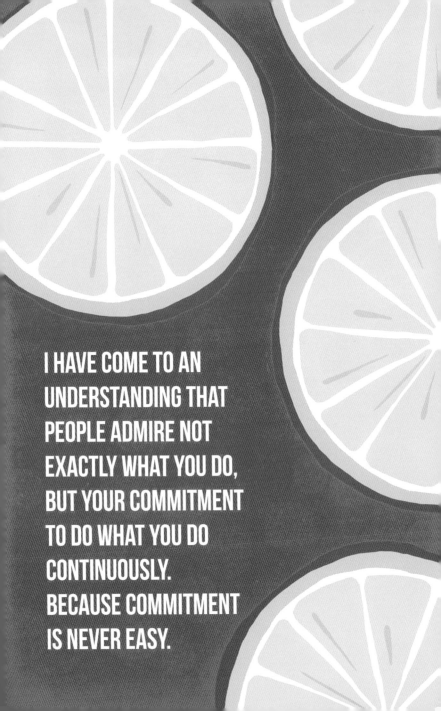

I HAVE COME TO AN
UNDERSTANDING THAT
PEOPLE ADMIRE NOT
EXACTLY WHAT YOU DO,
BUT YOUR COMMITMENT
TO DO WHAT YOU DO
CONTINUOUSLY.
BECAUSE COMMITMENT
IS NEVER EASY.

present

당신의 미소를 주세요.

당신의 사랑을 주세요.

당신의 시간을 주세요.

당신의 지혜를 주세요.

당신의 관심을 주세요.

당신의 마음을 주세요.

당신의 손을 주세요.

그리고 용서하세요.

매일매일 나는 더 나은 내가 되어가고 있어요.

Learn to forgive, for forgiving liberates all

용서하는 법을 배워요.
용서는 모든 것을 자유롭게 하는 것이니까요.

I may,
I may not succeed.
But to be given
the opportunity
to just try
is already
more than enough.

우리가 하는 모든 일에 사랑을 담아보세요.

오직 사랑만이 모든 것을 기분 좋게 만들어요.

어쩌면 성공할 수도 실패할 수도 있어요.

하지만 시도할 기회를 얻게 된 것만으로도 이미 충분해요.

지나간 시간들을 무시해서는 안 돼요.
그렇다고 과거에 머무르지도 마세요.

용서하고 잊으세요.
그리고 극복하세요.
상대방이 용서하지 않았다고 해도, 당신은 용서하세요.
행복은 나를 사랑하거나 미워하는 사람들의 숫자로
결정 나는 게 아니에요.
나 자신을 어떻게 사랑하고 이해하는가에 대한 문제죠.

지나간 시간들은 분명
좀 더 나은 삶을 살기 위한 방향을 제시해 줄 거예요.

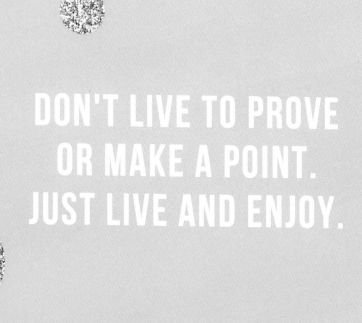

DON'T LIVE TO PROVE
OR MAKE A POINT.
JUST LIVE AND ENJOY.

have fun

항상 무언가를 증명하거나 주장하며 살려고 하지 말아요.
그냥 있는 그대로 즐기며 살아요.

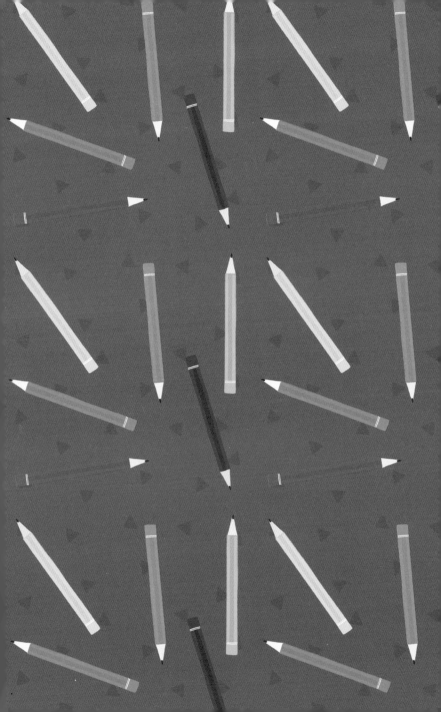

매일 새로운 이야기가 전개되고 있어요.
어떤 날은 항상 예상했던 이야기가 펼쳐지지만,
어떤 날은 전혀 예기치 못한 상황으로 흘러가죠.
그런데도 우리는 언제나 해피 엔딩으로 바꿀 수 있어요.
내가 그 이야기의 작가니까요.

시간을
되돌릴 수 있다면

생각할 시간을 가져라.
기도할 시간을 가져라.
웃는 시간을 가져라.

그것은 힘이 솟게 하는 샘이다.
그것은 세상에서 가장 큰 힘이다.
그것은 영혼의 음악이다.

- 「사랑의 등불 마더 데레사」 중에서

DON'T TRY
TO MAKE UP
YOUR DARK
PAST BY MAKING
OTHER PEOPLE'S
LIFE MISERABLE
TOO..

fabulous

나쁜 행동보다 바르게 행동하는 것이 늘 어려워요.
선한 사람들이 더 훌륭한 이유이기도 하지요.
왜냐하면 그들은 그 어려움을 극복했기 때문이에요.

Doubts are the mother of lost opportunity.

의심은 기회를 잃게 해요.
머리로 생각하기 전에 느껴보세요.
말로 내뱉기 전에 먼저 생각해보세요.

모든 것이 정리되어 끝났다고 생각하는 바로 그때,
또 다른 일이 오기 마련이죠.
인생은 바퀴 같은 거예요.
내려놓는다고 끝난 것이 아니라,
다시 굴러가게끔 되어 있거든요.

i think,

SUCCESS

is a state of mind

where we are simply happy

because we are

*Living a life
we love*

때때로 우리는 아무 생각 없이 내려놓아야 해요.
타인, 감정, 그 어떤 것들 전부…
세상은 너무 크고, 우리는 모두와 친구가 될 수 없어요.
모든 것을 다 가질 수도 없어요.
우리에게 소유할 준비가 된 것들만 가질 수 있어요.

twilight

말은 세상에서 가장 달콤한 것이 될 수 있어요.
하지만 칼보다 더 날카로운 것이 되어
우리에게 상처를 줄 수도 있죠.
머리로 생각하기 전에 감각으로 느껴보고,
입으로 말하기 전에 한 번 더 생각해봐요.

누군가 엄청난 것을 가지고 나타난다면,
추월당했다고 생각하나요?
그냥 잊어버리세요.
인생은 경쟁이 아니라는 것을 기억하세요.
내가 좀 더 열심히 노력하고 잘해야겠다고 해줄
동기부여가 생겼다고 생각하세요.

LET IT GO.

Although people might fail you over and over and over again, just make sure that you

DON'T FAIL YOURSELF.

기대한 방향으로 일이 풀려가지 않을 때 짜증이 나죠.

그렇다고 다른 사람에게 함부로 대해서는 안 됩니다.

문제는 자신의 문제일 뿐,

타인이 늘 나를 이해해 줄 이유는 없는 거예요.

나 스스로 책임을 지도록 노력해 봐요.

누군가에게 진짜 화가 나면,

그 일은 당신과 그 상대의 문제로만 남겨둬야 해요.

잠깐 당신을 무척 화나게 했다는 이유로

또 다른 사람까지 끌어들일 필요는 없어요.

사람은 누구나 실수를 하고

그 실수에는 늘 이유가 있어요.

그러니까 우선 그 상대방의 말을 들어보자고요.

인생은 '나' 혼자 사는 것은 아니니까요.

HAVE THE SENSE TO PUT OURSELVES IN OTHER PEOPLE'S SHOES. LIFE'S NOT ALWAYS ABOUT ME, ME AND ME.

다른 사람들 때문에 시작하지 말아요.

다른 사람들을 이기려고 하지 말아요.

다른 사람들에게 칭찬을 듣기 위해 행동하지 말아요.

다른 사람들과 달라 보이려고 하지 말아요.

다른 사람들 틈에서 주인공이 되려고 하지 말아요.

Put love in
everything we do.
Only love
makes everything
feel better

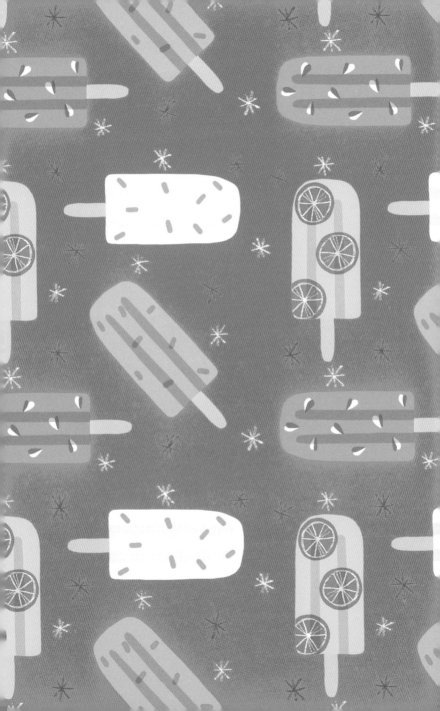

"난 원래 이런 사람이야."라고 말하는 사람보다는
자신의 단점을 알고 더 나은 것으로 만들려는
의지가 있는 사람,
단점을 인정하고 그것을 변명하지 않는
건강한 정신의 사람을 존경해요.

우리의 하루, 우리의 인생, 우리의 미래는
끔찍하게 두려워 보일 때도 있지만,
가끔은 잠결에 짜증도 나고
도대체 무슨 일이 일어나고 있는 거지? 하며 깰 수도 있겠지만,

그럴 때마다
가족을 떠올리고,
꿈이 무엇인지 떠올려보세요.
결국 모든 건 잘될 거예요.

This world is our home. It's a beautiful home.
And they say, do good in this world so that when we die, we go to heaven.
But what if we see it the other way around and see this world as heaven?
Do good in heaven so that when we die, we go back home.

peaceful

우리는 누구나 다 실수를 해요.
실수를 통해 배우고, 사과도 하고,
실수를 바로잡고, 더 잘 이해하는 과정을 통해
다음 단계로 나아가는 거죠.
모든 사람이 실수해요.
그러니 다른 사람의 실수를 허용하지 않는 건
불공평한 거예요.

상대방에게 크게 실망하게 되어도
언제나 이해하고 용서하고 넘어가려고 노력해요.
그런 후에는 평화를 느낄 수 있어요.
아주 힘들게 용서한 사람들에게도
이런 평화가 찾아오길 바라요.

누군가 나를 미워한다면,
그들에게 사랑으로 답하세요.

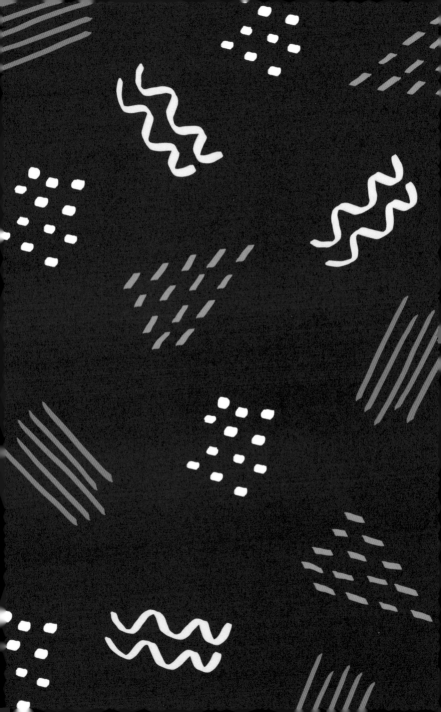

다시 잠들어야 한다면 왜 일어나는 걸까요?
죽어야 한다면 왜 살아야 하나요?
이별해야 한다면 왜 만나는 걸까요?

시간은 되돌릴 수 없고,
결코 거스를 수 없다는 것을 이해하는 순간,
순간을 즐기며 살아간다는 것이,
주변 사람들을 행복하게 하는 것이
얼마나 중요한지 알게 돼요.

꼭 화를 내야 하는 경우가 있어요.

거짓말을 했을 때,
권리를 짓밟을 때,
신념에 반대되는 행동을 강요할 때.

하지만 화를 낼 때도 예의가 필요해요.
무엇이라고 말하는지보다는 어떻게 말하는지가 중요해요.
화를 표현하는 방식에도 옳은 방법이 있는 거죠.

IT'S NOT ABOUT WHAT YOU SAY, BUT HOW YOU SAY.

The benefit of having your own personal style, is that you never feel you have to compete with anyone else.

다른 사람을 배려하지 않고, 무시하고,
다른 사람에게 적대감을 가지고
실수했을 때 용서하지 않는지 이해할 수 없어요.
하지만 중요한 건, 내가 이해할 필요가 없다는 거예요.
사람들은 서로 다른 생각으로 살고 있고,
어떤 삶의 선택 기준도 모두 다르다는 거예요.
.
자신의 인생을 사랑하고,
어떤 상황에서도 긍정적으로 생각한다면
모두가 행복할 거라는 거예요.

one day you will visibly see

that your life has always been yours.

Perhaps we were once blinded by fear,

but let us fear no more.

우리가 꿈꾸는 것들에 대해서

어떤 사람들은 이루어지지 못할 이유만 찾으려고 해요.

결국은 그들 자신의 불안감만 키울 뿐인데도 말이지요.

그러니 큰 그림을 보려고 노력해보세요.

너를 향한 나쁜 시선들은

그들 자신에게서 답을 찾지 못하고

타인에게서 찾으려고만 하는 것이지,

나만을 향한 것은 아니에요.

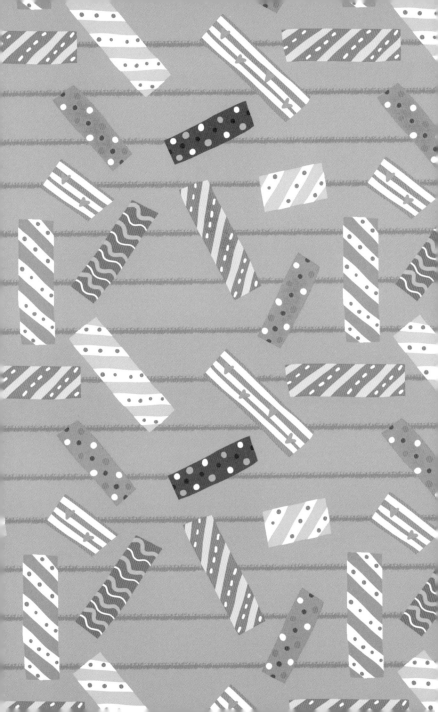

실패하게 되었을 때, 이렇게 말합니다.
"한 번 더 해보지 뭐."
그리고 또다시 실패하게 되면,
"오케이 여기까지. 끝."이라고 말할지도 모릅니다.

시간이 흐른 뒤
몸은 재충전되고, 마음은 더 이상 아프지 않을 때
웃으며 이렇게 말하죠.
"한 번 더 해볼까?"

그렇게 실패하는 법을 배우게 됩니다.
그리고 깨닫게 되지요.
실패하니까 다시 일어서는 법을 배울 수 있었다고.

당신의 인생 그림자는 당신 뒤에 두세요.
항상 당신은
그 그림자보다 한 걸음 앞서도록 해봐요.

I believe the process of letting go hurts, and the idea of having to start all over again is scary.

But I also believe that a new journey is always exciting.

SMILE AND SAIL AWAY!

처음부터 다시 시작해야 한다고 해도
그 사실을 받아들이세요.
다시 태어난 것과 같이 받아들여야만
모든 것을 새로 시작할 수 있어요.

인생을 좀 더 경쟁하는 것에 연연하지 않도록
좀 더 나 자신의 가능성에 만족하는 삶을 살도록 해요.

BEAUTY
GLOWS FROM
WITHIN. HOW
WE LOOK ON
THE OUTSIDE
JUST ENHANCES IT.

우리가 상처 준 사람들에게 사과하는 것.

단순히 "미안해요"라고 말하고,

관계를 바로잡기 위해 노력하는 것을 미룰 때가 있어요.

그런데도 계속 시간을 끌면,

사과할 타이밍도 그 대상도 천천히 멀어져

당신의 존재는 그들에게 점차 지워져 갈 거예요.

어떤 문제가 되었던 인간관계가 있다면

그 일을 첫 번째로 우선순위에 두세요.

왜냐하면 시간이 흐른다고 해서

저절로 용서되는 관계는 없으니까요.

늦는 것은 안 하는 것보다는 나아요.

용서받고

잊고

다시 시작해요.

우리 인생은 한 번뿐이니까요.

SOMETIMES, THINGS HAPPEN BECAUSE THEY HAVE TO. NOT FOR THE GOOD, BUT FOR THE BEST. WE HAPPENED. AND MUST BE FOR THE BEST.

I love you, S!

우리는 사람들에게 실패해도 괜찮다는 걸 알려줘야 해요,
실패는 모든 것의 마지막이 아니라는 것도 말이죠.
우리는 그들에게 진짜 인생을 보여줘야 해요.
가끔 우리는 이길 때도 있지만,
대부분 지는 삶을 살고 있다는 것을.
그리고 다음 단계로 나아가야 한다는 것을.

실패에 얽매여 있지 말고,
새로운 것을 시도하는 것이
더 나을 때도 있다는 것을 말이에요.

살면서 하게 되는 가장 큰 거짓말은
자신 자신에게 하는 거짓말이에요.
그러니 조심해요.

누군가에 대한 미움으로 올바르게 보지 못하게 되면,
당신 자신이 그 증오의 대상이 될 수도 있어요.

오늘보다 내일 더 잘할 수 있다고 생각하는 것은
오늘 최선의 노력을 다하지 않았다고 인정하는 것입니다.
늘 오늘이 마지막인 것처럼 최선을 다하세요.

때가 되면 그 시간이 신호를 보내올 겁니다.
지금이 바로 그때라는 걸 알아챌 수 있도록.
인생에 가장 중요한 순간이라는 것을…

꿈을 이루려면

"나비가 되기 위해서는
애벌레이기를 포기할 만큼
날기를 원하는 마음이 간절해야 해."

- 「꽃들에게 희망을」 중에서

꿈은 무엇으로 만들어져 있을까요?

희망? 환상? 어린 시절의 기억?

뭔가 다른 게 있을까요?

아니면 무언가의 결과일까요?

앞으로 나아가게 만드는 이유?

What are dreams made of?
Hopes? Fantasies?
Childhood memories?
Are they made of anything?
OR are they actually
the Result of something
else?
OR are dreams simply
a trigger so we move
forward?

SOME PEOPLE JUST SCARE ME
EITHER BECAUSE THEY SEEM COLD,
ALOOF, OR BECAUSE THEY'RE JUST
SO PRETTY AND SMART I FEEL
INFERIOR. BUT THINGS CHANGE ONCE
I GET THE CHANCE TO HAVE A TALK
WITH THEM. NOT A SMALL TALK, BUT
A NICE, WARM, PERSONAL TALK.

문이 닫혀 있으면
좋은 일이 그 문 안으로 들어올 수가 없어요.
문을 항상 열어 놓으세요.
그 문 뒤에 있는 것이 무엇인지
그리고 그것이 인생을 어떻게 바꿔놓을지
알 수 없으니까요.

절대, 절대, 절대, 절대로 배움을 멈추지 말아요.
우리는 모두 인생이라는 학교의 학생이랍니다.

NEVER

ever, ever, ever, ever

STOP LEARNING.

Life is a school
and we are all students.

누구에게나 더 나은 삶을 살 기회가 있어요.
하지만 어떻게 더 나은 삶을 살 수 있는지 알지는 못하죠.
그 방법을 먼저 깨달은 사람들은, 깨닫지 못한 사람들을
도와줘야 합니다.

당신에게는 적이 있나요?

살면서 원수가 생긴다는 것은 정말 슬픈 일이에요.

내가 아무도 싫어하지 않아도

어딘가에는 나를 미워하는 사람들이 있을 수 있고,

내가 그들을 적으로 생각하지 않는 순간에도

나는 그들의 원수가 될 수 있어요.

하지만, 내가 타인에게 적이 된다고 해서

꼭 나쁜 사람은 아니라는 걸 깨닫기도 해요.

그들의 현실에 어떤 문제가 있을 수도 있기 때문이죠.

당신이 누군가를 미워하고 있다면,

누군가를 용서할 준비가 되어 있지 않다는 것을 의미할까요?

아니면 포용력이 없거나 양보심이 없다는 것일까요?

growth

우리는 인생을 살면서 사람을 얻기도 하고 잃기도 합니다.

그건 자신의 마음속에 타인을 받아들일 공간이

부족하기 때문일 수도 있어요.

사람들이 늘 한결같을 거라고 기대하지 마세요.

사람은 늘 변하니까요.

우리가 늘 타인에게 바라듯이

나 자신도 성장하도록,

좀 더 나은 사람이 될 수 있게 노력 하세요.

START

FINISH

If there's a will, there's a way.
and if it's for the good,
the universe is with us.

twinkle

우리의 바람대로 일이 진행되지 않을 때

우리는 수없이 실망하고 눈물이 나죠.

우리가 기대하는 게 너무 크기 때문이기도 합니다.

살면서 우리는 상상하기조차 힘든 큰일들을 경험하기도 하죠.

그 상황을 어떻게 할 수도 없고 견뎌내기 힘들 때도 있어요.

하지만 우리 스스로 잘 준비한다면 곧 나아질 수 있어요.

인생도 우리 자신도 언제나 완벽할 순 없으니까요.

우리는 왜 모든 것이 완벽하기를 바랄까요?

우리는 환경과 그 환경 속에 잘 어우러지는
능력을 갖춰야 합니다.
여러 가지 상황을 고려해야 하고 때로는 타협도 해야 해요.
매일 일어나는 상황에 우리의 역할을 바꿔야 하죠.
때로는 어른스럽거나 아이 같기도 해야 하고,
진지하거나 유치하기도,
고집스럽거나 혹은 유연하기도,
독립적이거나 의지할 만하기도 해야 하죠.
장소와 상대에 맞게 적응할 수 있어야 해요.

살아간다는 것은 배우가 연기를 하는 것과 같습니다.
관객과 배우 사이의 차이가 늘 존재하듯
우리는 우리에게 주어진 역할을 그저 즐기면 되죠.

Go out there.

Don't just live in your own bubble and hate the world.

자신만의 공간에 갇혀서 세상을 원망만 하지 말고
밖으로 나가서 직접 경험해 보세요.
의지만 있다면 그곳에 길이 있어요.
그리고
그것이 좋은 의도일 때,
온 우주는 당신과 함께한답니다.

자기 생각과 감정을 통제할 수 있다면
당신은 승리한 거예요.
양쪽 모두 서로 어느 부분이 왜 잘못된 것인지
이해할 수 있게 시간을 주세요.
그리고 말할 기회를 주세요.
서로 마무리할 시간을 갖게 하고
다음 단계로 넘어가는 거예요.
대부분 논쟁은
두 사람이 서로 다른 기대를 하기 때문에 일어나죠.

당신의 모든 생각과 감정을 꺼내 놓을 준비가 되었다는 것은,
그리고 마지막 한마디를 할 준비가 되었다는 것은
꼭 당신이 이긴다는 의미는 아니에요.
함께 이해할 수 있는 해결책을 찾자는 거예요.

살다 보면 속도를 늦춰야 하는 순간이 올 수 있어요.
너무 빨리 달려왔고, 너무 멀리 갔고,
때론 트랙을 벗어나서 달리고 있었거나,
속도를 조절하지 못해 체력의 한계를 벗어났을지도 몰라요.
머릿속에 뭔가가 꽉 차 있어서 지칠 대로 지쳐 있죠.
당신은 지금 모든 게 바닥난 상태에요.

내려놓으세요.
산책을 해봐요.
해가 뜨고 질 때 그 따스한 햇살을 느껴 봐요.
밤낮으로 떠오르는 당신의 모든 걱정을 내려놓아요.
인생은 짧고, 얼마나 오래 사는가보다는
얼마나 행복하게 사느냐가 중요해요.

당신이 다시 걸음을 시작할 때 그 모든 것은 이루어질 거예요.
매일 도전하세요.

GOOD DEEDS

will always give you greater return

때론 인생이 아주 힘이 든다고,

인생이 엉망이 됐다고 생각하지 마세요.

신이 우리에게 주시는 것은 다 그만한 이유가 있답니다.

우리가 극복할 수 있는 만큼의 시련만 주신답니다.

큰 그림을 보려고 노력해 봐요.

'언어'는 감각이에요.

나만의 '사전'을 만들어 보아요.

그리고

내 사전에서 '문제(Problem)'라는 말을 없애기로 해요.

Language

is a perception, so it's okay to make your own

Dictionary.

I decided to omit the word,

Problem.

My fave 3 words are

HAPPY

POSITIVE

BELIEVE

What are yours? ☺

"너한테 이건 좀 어려울 거야."
"넌 못할 거야."라고 말하는 사람들에게
"한번 해볼게요." "도전할래요."라고 말해주세요.

"해 봐, 그리고 너의 한계를 느껴봐."라고 그들이 말할 때
"해볼 만한 가치가 있는걸요!"라고 말해 주세요.

Life is like the act of taking photos. Simply focus on your object(ive) and don't let anything else blur your vision. Your photo is your visualization of life.

rainbow

삶이란 사진을 찍는 것과 같아요.
그저 단순히 목표물에 집중하고,
초점이 흐려지지 않게 하면 돼요.
당신의 사진은 당신 인생을 반영하게 되는 거죠.

삶의 원칙을 세워야 하는 이유는 하나 있어요.
삶에 휩쓸리지 않기 위해서.
노년의 경제적 안정을 위해서.
세상의 많은 것을 좀 더 갖기 위해서.

너무 쉽게 정체성을 잃은 채로 넋 놓고 휩쓸려 갈 수 있지만,
이 세상이 당신을 구속하지 않도록 정신 바짝 차려야 해요.
세상에 정복당하지 말고,
우리가 세상을 정복하도록!

we're supposed
to conquer
the world,
not the other
way around.

BE OUT THERE
AND STAY CURRENT.

passion

'열정'이라는 단어를 내가 놓친 것에 대한
변명으로 사용하지 말아요.
자신만의 열정에 갇혀서 살지 말아요.
세상 밖으로 나와서 현실을 살아보세요.

열정을 잃지 않고 실패를 거듭할 수 있는
능력을 갖추도록 노력해 보세요.
진정한 열정의 결실은 자신의 성공적인 성장으로
이어질 거예요.

세상은 우리가 생각한 것 이상으로 훨씬 빠르게
돌아가고 있지만,
따라잡으려고 서두를 필요는 없어요.
우리는 같은 방향으로 회전하고 있으니,
나만의 속도로 인생을 즐기면 돼요.

Have the courage to admit that what we think is GOOD ENOUGH might actually become better if we put just A LITTLE MORE EFFORT

Happiness is not always about having our wishes granted, but knowing that we have a dream and we're heading there.

행복은
소원이 늘 이뤄지는 것이 아니라,
꿈이 있고,
꿈을 이루기 위해 달려가고 있음을 알아주는 거예요.

you are a successful person
if you have managed to wake up
every morning and smile
because you know you got
the whole day to do
what you love.

매일 아침 웃음으로 하루를 시작할 수 있다면
당신은 성공한 사람입니다.
온종일 사랑하는 것들을 할 것이라는 걸
알고 있다는 뜻이니까요.
우리에게는 무척이나 다양한 삶의 이야기,
내일이 기다리고 있어요.
그 모든 미래는 오늘을 어떻게 살아가느냐에 따라
달라진다는 거예요.

BECAUSE WE ALL NEED TO STOP ONCE IN A WHILE.

TO THINK.
TO EVALUATE.
TO ACCEPT LIFE.

SO THAT WE MOVE ON WITH A BETTER PERSPECTIVE.

우리는 가끔 멈춰 설 필요가 있어요.
생각하기 위해,
판단하기 위해,
삶 그대로를 받아들이기 위해,
그러니 이제 더 나은 시선으로 앞으로 나아가도록 해요.

살면서 많은 기회가 찾아와요.
많은 문이 우리의 선택을 기다리고 있을 거예요.
모든 기회가 솔깃한 것임에도 불구하고,
다 잡을 필요는 없어요.
돈이 아닌 기회도 우리를 욕심부리게 만드니까요.

나를 위한 공간을 남겨놓아야 해요.
도화지에 여백을 남겨두며 그림을 완성하듯,
여백이 우리를 채워주기도 한답니다.

Take chances, but not all.

Not only money makes you greedy, opportunities do too. Live life to the fullest, but take it slow. Leave some space for yourself. Keep the glass half full and half empty. Interestingly, some emptiness keeps you full.

I want to quit,
I want to leave everything behind.
Then I remember that even though
failure hurts, I am just temporarily
feeling hurt. Tomorrow I shall feel
better, and I will chin up,
and try even harder.

모든 것을 뒤로한 채 떠나고 싶어요.

그만두고 싶어요.

실패의 아픔으로 힘들어하고 있어요.

아마도 순간적으로 상처받았다고 느껴지는 겁니다.

내일이면 좀 나아졌다고 분명히 생각되고,

다시 자신감을 가져 보려고 더 열심히 해 보겠죠.

지난 시간 내가 해냈던 생각들에 감사하고,

그 생각들을 실행해보세요.

일부는 실패할지도 모르지만

그 자체를 인정하고 다시 도전해보세요.

연습은 나를 완성하기 위한 가장 좋은 방법이에요.

Life feels simple when you don't have too many excuses,
even simpler when you don't need to make any.

why not
<hr>

불가능과 가능은 마음먹기에 따라 달라집니다.
다른 사람들이 불가능을 말할 때
나는 그 말을 듣지 않으려고 노력합니다.
내가 인정하게 되면 결국에는 그렇게 되기 때문이죠.

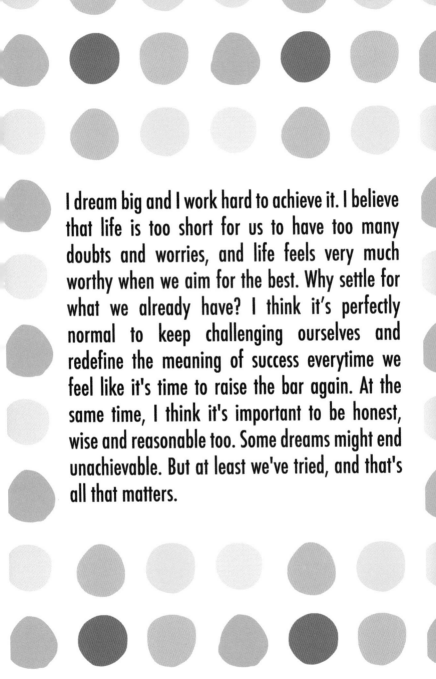

I dream big and I work hard to achieve it. I believe that life is too short for us to have too many doubts and worries, and life feels very much worthy when we aim for the best. Why settle for what we already have? I think it's perfectly normal to keep challenging ourselves and redefine the meaning of success everytime we feel like it's time to raise the bar again. At the same time, I think it's important to be honest, wise and reasonable too. Some dreams might end unachievable. But at least we've tried, and that's all that matters.

우리는 원대한 꿈을 품을 수도 있고,
높은 목표를 세울 수도 있습니다.
기억하세요.
그럴수록 더 열심히 달려야 합니다.
기회는 스스로 준비된 자에게 주어지는 겁니다.

• 어떤 것이 네가 꿈꾸는 미래야?

• 글쎄, 잘 모르겠어. 매번 바뀌고 있어.

• 아마도 넌 꿈을 그냥 꿈꾸기만 하는 게 아닐까?

• 아니, 내 꿈은 절대 멈추지 않는 것인 거 같아.

you own
yourself,
don't give
it away.

THEY ARE CONSEQUENCES
OF OUR TODAY.

내가 선택했던 삶의 모든 흔적에서

나의 열정이 얼마나 담겼었는지 확인하세요.

그리고

내가 선택한 것에 확신이 들지 않을 때

나 자신에게 질문해 보세요.

그 선택으로 인해 나의 미래가 행복할지 그렇지 않을지를.

Some say, just go wherever the wind takes you. But you see, the wind might take you to a place you cannot handle, and you regret. Plan ahead.

누군가는 그냥 바람이 부는 대로 흘러가라고 말해요.
그러나 가끔 바람은 우리를 어찌지 못하는 곳으로
데려가기도 하지요.
그 순간 바람이 부는 대로 온 것을 후회합니다.
그러니 이제부턴 계획을 먼저 세워 보기로 해요.

나의 실수로

다른 사람들이 실망하게 되어도 괜찮아요.

우리는 완벽하지 않아요.

우리는 노력하며 그 과정에서 배우는

또 다른 한 사람일 뿐이지요.

좋은 사람이 되려고 열심히 노력한다는 것은

좀 더 행복한 사람이 되어가고 있다는 뜻이에요.

You are

HAPPY

when you

say so.

시인 월트 휘트먼은 말합니다.

"끝없이 펼쳐진 저 길로 즐거이 두 발을 내디딘다.
건강하게, 자유롭게, 내 앞에 펼쳐진 저 세상으로
내 앞에 펼쳐진 저 먼 길은 내가 가고자 하는 길로
이어져 있으니
이제부터 행운을 구하지 않으리라.
나 자신이 곧 행운이므로."

자신에게 주문을 걸어보세요.
"난 특별해. 난 행복해."
"나 자신이 곧 행운이야."
더 이상 어제의 내가 아니니까.
나는 그럴 만하니까.

Good Luck! with Macarons!

그래서 오늘, **마카롱**을 먹기로 했다

1판 1쇄 인쇄 2018년 12월 24일
1판 1쇄 발행 2018년 1월 2일

지은이   다이애나 리카사리
옮긴이   카일리 박

펴낸이   김봉기
출판총괄   임형준
기획편집   김정혜
디자인   장성윤
마케팅   정상원·이정훈·김재실·한세진

펴낸곳   **FIKA** [피카]
주소   서울시 강남구 논현로 622. 4층
전화   02-6203-0552
팩스   02-6203-0551
이메일   fika@fikabook. io
출판등록일   2018년 7월 6일(제 2018-000216호)

ISBN   979-11-964403-6-7 03800